AF384718

SATYRES,

OU CHOIX

DES MEILLEURES PIECES DE VERS

QUI ONT PRÉCÉDÉ ET SUIVI LA RÉVOLUTION.

'Ah ! quand il serait vrai que l'absolu pouvoir
Eût entraîné Tarquin par de là son devoir,
Qu'il en eût trop suivi l'amorce enchanteresse ;
Quel homme est sans erreur et quel roi sans foiblesse ؟

VOLT.

A PARIS.

L'AN PREMIER DE LA LIBERTÉ.

1790.

AVERTISSEMENT.

Parmi le grand nombre de pieces fugitives que la révolution a fait éclore, nous nous sommes attachés à recueillir les plus intéressantes pour les livrer à l'impression : la plupart ont paru depuis 1786 jusqu'en 1790 ; et si par fois nous nous écartons de cette date, en plaçant ici celles qui ont paru à des époques plus reculées, notre unique but est d'enrichir l'ouvrage pour qu'il soit plus digne de l'attention de nos lecteurs.

Aux risques, périls et fortune de qui il appartiendra ; aux risques d'encourir la plus entiere improbation des aristocrates, ci-devant ducs et pairs, comtes, marquis, vicomtes, hauts barons et calotins, desquels il nous semble déjà entendre les hurlemens ; sans avoir plus d'égard aux clameurs de HARO, de l'inquisiteur Maissemy (1), nous promettons, sous

____

(1) Ex-Directeur général de la librairie.

A 2

l'honneur de la démocratie, de publier tous les quinze jours, jusqu'à parfait épuisement de notre porte-feuille, un cahier composé de 32 pages, format in-8.°, sans que rien puisse nous arrêter. Nous nous flattons que les honnêtes gens nous sauront gré de cette entreprise; elle servira à démontrer jusqu'à quel point les misérables qui environnoient le monarque lui avoient aliéné l'amour des FRANÇOIS; à l'égard de notre profession de foi sur Louis XVI, pour que personne n'en puisse prétendre cause d'ignorance, nous déclarons qu'elle est contenue dans l'épigraphe même de ce recueil.

Lorsque le dernier cahier paroîtra, nous y joindrons une gravure pour orner le frontispice du premier; nous y ajouterons en outre une table et des notes qui faciliteront l'intelligence de ce qui pourroit paroître obscur.

SATYRES,

OU CHOIX

DES MEILLEURES PIECES DE VERS

QUI ONT PRÉCÉDÉ ET SUIVI LA RÉVOLUTION.

Qu'AUJOURD'HUI dans mes vers, les muses une fois,
Au lieu de les flater, épouvantent les rois ;
Stupides citoyens, ô lâches que nous sommes !
Un homme ose braver tant de millions d'hommes ;
Du front de l'artisan, du front du laboureur,
Il croit que pour lui seul doit couler la sueur ;
Que les peuples sont faits, dans nos tristes contrées,
Pour payer les hochets à d'augustes poupées ;
Et que tout doit souffrir, afin qu'à Trianon
Nos maux fassent danser l'Autrichienne Toinon.
Claude sur les François regne, et de Messaline,
L'âge accroît tous les jours la fureur uterine,
Et quoiqu'un milliard coule dans le trésor,
Claude pour ses amans demande un fleuve d'or :
Car tel est mon plaisir, dit-il, Dieux quel langage !
Sommes-nous de vils serfs échus par héritage.
Ah ! mon sang qui bouillonne à ces mots insolens,
M'avertit que je sors de ces antiques francs,
Qui pour mettre leur septre en des mains plus habiles,

L'ôtoient aux fainéans, l'ôtoient aux imbéciles ;
Et, maîtres d'obéir, ont du trône deux fois,
Car tel fut leur plaisir, fait descendre leurs rois.
Héritier d'Henry IV, et de Charles septieme,
Est-ce donc à son fer qu'il doit le diadême ?
Croit-il parler en maître à des peuples conquis ?
Tout conquérant qu'il fût, mais à ses francs, Clovis,
S'il eût dicté pour loi sa volonté suprême,
La massue à leurs pieds l'eût étendu lui-même.
Apprends, mon cher Louis, mon grosbenet de roi,
Que tel est ton plaisir n'est pas telle est la loi :
Rends compte, et l'on veut bien encor payer ta dette:
Mais sois poli du moins quand tu fais une quête,
D'un gueux, dit Salomon, l'insolence déplaît,
Et c'est au mendiant à m'ôter son bonnet.

Par CAMILLE DESMOULINS.

TU dormois sur le trône, ô monarque imbécile,
Quand de la nation le suprême sénat
Motivoit à tes pieds sa résistance utile,
Et de tes propres mains vouloit sauver l'état.
Quelle sécurité tout près du précipice !
Tu n'apperçois donc pas ton peuple s'indigner :
Il n'attend que le sceau de ta haute injustice
Pour t'apprendre à grands cris qu'un autre doit régner.

Tes desseins sont affreux, daigne donc les connoître;
Une reine prodigue a pu les enfanter;
Mais du trône François tu dois être le maître.
Eh ! comment une femme ose-t-elle y monter ?
Les cris des citoyens, armés pour la patrie,
Seront différens des cris de tes soldats;
Nos provinces crieront : justice, économie,
Et sous tes étendards, sanglans d'assassinats,
On n'entendra crier que la bourse ou la vie.
Réfléchis, où prends rang parmi les scélérats.

LA DIARRHÉE DIABOLIQUE.

QUATRE diables se disputoient,
   A qui le plus puant chieroient :
   Le premier, lâchant ses bretelles,
   Chia les aides et les gabelles;
   Le second, portant la terreur,
   Chia ministres et contrôleur;
   Le troisieme, en ami du Prince,
   Chia l'intendant de province;
   Le quatrieme eut tout le prix,
   En chiant gardes et commis.
   Lucifer, jaloux de sa gloire,
   Voulut remporter la victoire,
   Et, pressant tripes et boyaux,
   Chia les fermiers-généraux.

LA QUESTION

DIFFICILE A RÉSOUDRE.

Mes amis, des deux Mirabeau,
Ou du pendart, ou de l'ivrogne,
Décidez quel est le plus beau
Et lequel a moins de vergogne.
Le colonel, brave à trois poils,
Surpasse, d'estoc et de taille,
Les vieux preux de la langue d'Oils
Et ceux du quai de la Ferraille.
On admire dans le combat,
Ce Laridon et ce Paillasse;
Coelès, aux portes du sabat,
Brave, lui seul, la populace,
Et présente sa large face
Aux pistolets comme aux crachats :
Mais pour son frere Barrabas,
Celui-là n'est rien moins que brave;
Bien qu'aidé d'un manche à balai,
Sans cesse il rosse son valet.
Présentez-lui le pistolet,
De rouge comme une bétrave
Il devient plus blanc qu'un navet.

Par CAMILLE DESMOULINS.

ÉPIGRAMME

SUR LE RETRANCHEMENT
DE LA MAISON DU ROI.

De ton économie, on connoît les raisons,
Louis ; mais en faisant aujourd'hui maison nette,
Sauve au moins l'écurie en faveur d'Antoinnette,
Et garde lui sur-tout les meilleurs étalons.

FABLE.

Le lion de toute antiquité,
Jouissoit de la royauté
Sur le peuple qu'on nomme bête ;
Mais jupiter un jour s'étoit mis dans la tête,
Voulant favoriser ces pauvres animaux,
De les changer de maître et soulager leurs maux :
Il donne à ce peuple bonace,
Un mauvais roi, d'une nouvelle race.
Un tigre, dira-t-on ?
Non, ce fut un ânon,
Animal entêté, mais nullement sévere,
Simple, bon et bourru, voilà son caractere.

B

Encor s'il se fût contenté
De s'accoupler en parenté,
Avec jeune et gentille ânesse;
Mais son épouse étoit tigresse,
Haïssant ses propres sujets,
Et, sur-tout, libertine à l'excès.
D'abord, pour gouverner avec plus de licence,
Il lui fallut des favoris,
Et dans la plus abjecte engeance,
Ces êtres vils furent tous pris.
Serpens et papillons, singes et vers de terre
Composoient sa brillante cour;
Elle avoit pour dames d'atour
Et la sang-sue et la vipere;
Elle avoit mis au ministere
Un paon, le plus vain des oiseaux,
Qui, pour la flatter et lui plaire,
. . . .
De tout l'aidoit à s'emparer,
Le peuple ne pouvoit qu'à peine subsister.
Les animaux perdirent patience;
Ils clabaudoient contre elle et son ânon.
Les chiens furent choisis pour faire remontrance
Audit seigneur Aliboron;
Mais maudite fut l'embassade,
Il répond par une ruade.
Aussi-tôt, le peuple irrité

De cet abus d'autorité,
Cessant alors d'être fidel,
prit le parti d'être rebel ;
D'agneaux qu'ils avoient été tous,
Ils devinrent autant de loups.
Chassons, se dirent-ils, du trône,
Cette drôlesse et ce butor,
Et nous donnerons la couronne
Au puîné qui plaint notre sort.

VERS

SUR LA LETTRE DE M. DE CALONNE AU ROI.

J'AI lu cet ouvrage divin,
Qui dans la boue enfonce Loménie,
Et démasque l'hypocrisie
D'un charlatan aussi fourbe que vain.
Calonne, en traits de feux fait briller la lumiere,
Et ranime l'espoir dans tous les cœurs François ;
De sa patrie ingrate et chere
Il se venge par ses bienfaits :
Quand pour sa cause légitime
Il invoque la France, et reclame la loi,
Que j'aime à voir cette illustre victime,
En se plaignant, faire adorer son roi !

ÉPIGRAMME

SUR LE CIRQUE DU PALAIS ROYAL.

Puisqu'enfin les chevaux et les femmes publiques,
Au palais d'Orléans vont ouvrir leurs boutiques,
Bientôt pour mon argent, en dépit des jaloux,
Au milieu du jardin, je veux planter des choux.

CHANSON

D'UN BATELLIER DE SAINT-CLOUD,

A L'ENCONTRE

DE LA DAME D'UL LIEU.

AIR : Je suis né natif de Ferrare.

Voyez don s'te fiere Autréchienne,
Qui croit not' France moins qu'son Vienne,
S'tourner et derriere et devant,
La tête en l'air et le nez au vent :   (bis.)
Sous son jupon, l'diable m'emporte,
Sans l'respect de ce qu'à le porte,
Et parquoi tout homme est vaincu,
J'l'y fich'rois mon pied par le cu.   (bis.)

Dans l'trésor royal , ça vous paise ,
Tant et tant que ça nous épuise ;
Pour tous ces dépenses de chien ,
Toinon nous prend l'plus beau d'not bien. (bis.)
Gueux d'ministres , fripons à torde ,
Si le bon guïeu n'y met ordre ,
Je n'aurons , j'en sus convaincu ,
Pas de quoi nous couvrir le cu.   (bis.)

Com' des sots , j'alons à l'avance :
Méfions-nous , morgué , d'l'aparence ;
J'y sommes tous les jours trompés.
Toinon nous a ben attrappés :   (bis.)
Dauphine , ale' étoit fort honnête ;
C'étoit à qui l'y feroit fête ;
Com' un p'tit ange al'a vécu ,
Et reine ale' montre le cu.   (bis.)

Quand on se jette dans le vice ,   A
Tôt ou tard l'ciel en fait justice ;
Catin finit par sauter l'pas ,
Si ça n'est là-haut , c'est ici bas :   (bis.)
A son visage qui s'bourgeonne ,
On voit q'Toinon par trop s'en donne ;
J'sachifierions un bon écu
Pour qu'al' eût qu'euq'chose à son cu.   (bis.)

Dans not'bachot, fumant la pipe,
J'ons fait s'te chanson qui m'dissipe ;
P'tet ben que l'vers march' à cloche pié,
Jamais j'n'avons étuguié :   (bis.)
N'ous échauffant d'un coup d'eau d'vie,
L'peu que j'composons c'est d'genie,
Et si vous sembl' trop biscornu,
Tout l'premier j'm'en torche le cu.   (bis.)

Par J. M. DE CHENIER.

VERS

A L'OCCASION DU BUSTE DU ROI,

ÉRIGÉ A LA BOURSE.

QUAND pour trois jours renonçant à la vie,
A l'Homme - Dieu il prit fantaisie
      D'expirer entre deux larrons,
      C'étoit pour de bonnes raisons ;
   Mais souffrir d'un monarque auguste
   Qu'on déshonore ainsi le buste,
N'est-ce pas se railler du destin des Bourbons
Qui fut toujours de vivre entourés de fripons ?

VERS

SUR LA DÉTENTION DE M. LE CARDINAL DE ROHAN A LA BASTILLE.

ILLUSTRE prisonnier, tirrez-nous d'embarras :
Êtes-vous Cardinal, ou ne l'êtes-vous pas ?
Hélas ! seroit-il vrai que la cruelle Rome
Ait pu dans sa fureur dégrader un Saint homme ?
Un Rohan ! répondez : vous détournez les yeux !
Ah ! vous pleurez le sort de vos tristes cheveux.
Vous voilà donc réduit à la simple calotte !
Ce n'est pas le seul mal que vous ait fait la Motte:
Si, docile aux avis d'un sage confident,
Vous eussiez écarté ce dangereux serpent,
Heureux, tendres amis, votre union si belle,
Auroit semé de fleurs votre course immortelle ;
Elle auroit égalé les ans du vieux Nestor,
Et pour vous deux enfin, ramené l'âge d'or.
Mais à tes tristes yeux, quelle funeste image !
Un Rohan dans les fers, un Rohan qu'on outrage!
Et Maurepas n'est plus, hélas ! dans sa fureur
L'enfer a dévoré ton ami, ton vengeur :
Prélat, Dieux ! quel excès d'horreur, d'ignominie!
Je te vois sur les quais pendu en effigie ;
Je vois l'oint du Seigneur, un prince des autels,
Au milieu des héros, par Charlot immortel.

Mlle. LE GAI D'OLIVA.

Qu'as-tu fait, d'Oliva, par quelle destinée
Paroîssant à nos yeux la Motte retournée,
Ou plu-tôt, empruntant le domino Valois,
Viens-tu d'un nouveau crime épouvanter les lois?
Je suis jeune, dis-tu, trop sensible et trop tendre,
De la séduction je n'ai pû me défendre.
Consultez mon mémoire. Un espoir enchanteur
Aux piéges d'un méchant avoit livré mon cœur.
La Motte étoit mon guide. Au grand prêtre amenée,
Victime, je tendis ma gorge infortunée.
Mais j'atteste le ciel, qu'en ce moment fatal,
Le coup que j'ai reçu n'est point d'un cardinal.
Le conseil de Rohan, mon défenseur lui-même,
Ont tiré mon esprit de cette erreur extrême;
Tous deux m'ont démontré que je n'ai pu rien voir;
Target, qu'il faisoit nuit, Blondel, qu'il faisoit noir.
Voilà ce que je sais, et mon ame ingénue,
Dans cet humble récit se montre toute nue.
Je suis simple, sans art : eh! qui jamais sut mieux
Que la triste Oliva se dévoiler aux yeux !
Croyez-en ma candeur, si naïve et si pure,
C'est le plus beau des dons que m'ait fait la nature

CAGLIOSTRO.

CAGLIOSTRO.

MAIS toi, de la nature, ô fils infortuné,
Qui t'a mis sous le glaive au crime destiné ;
D'où partent ces sanglots dans l'horreur des ténebres,
Et ces gémissemens sous ces voûtes funebres ?
Dis-moi quel est ton crime et quels sont tes forfaits ?
« J'avois toujours compté mes jours par mes bienfaits ;
» Ami, consolateur de la nature humaine,
» Je mettois mon bonheur à soulager la peine,
» Et le consolateur, l'ami de l'univers,
» Gémit dans ce moment sous le poids de ses fers.
» Des maux que j'ai guéri par ma vaste science,
» De mes nobles travaux voilà la récompense.
» François ! peuple d'ingrats ! malheureuse cité !
» Je consacrois mes jours à ta félicité,
» O Paris inhumain ! fatale Trébizonde !
» Tu vas donc immoler le grand ami du monde :
» Hélas ! il chériroit son déplorable sort,
» S'il faisoit ton bonheur en recevant la mort :
» Frappe, à ta cruauté, ton ami t'abandonne ;
» Sous tes coups expirant ton ami te pardonne. »

LE CARDINAL.

O VOUS, triste prélat, cardinal sans chapeau,
Qui vous a pu réduire en cet état nouveau ?
« Target, depuis un an, enfante mon mémoire ;
» Il saura mieux que moi vous peindre mon histoire.
» Attendez, respectez son pénible labeur ;
» Un tel enfantement ne va pas sans douleur ;
» Mais la sublimité de sa rare éloquence
» Doit peindre mes vertus, montrer mon innocence ;
» Prouver que tout au plus j'ai mérité l'exil,
» Ou le banissement : » prélat, ainsi-soit-il.

ÉPIGRAMME

Sur la flétrissure de M.me DE LA MOTTE.

MAINTENANT peut-on douter
Que des Valois, la Motte soit la fille ?
   Un arrêt lui fait porter
   Les armes de sa famille.

AU CARDINAL,

LORS DE SON EXIL.

VAINEMENT pour te perdre un ministre se ligue,
Thémis enfin s'éleve, elle confond l'intrigue ;
Et contre l'innocent on n'a point un arrêt
    Comme une lettre de cachet.
Si Breteuil a pour lui la cour et la canaille
    Et le jupiter de Versailles,
L'innocence a Target, elle a les Dormessons :
Qu'on l'exil où l'on veut, tout exil est ripaille ;
Quand on sort de dessous ces affreux bastions,
Rohan, l'honneur est sauvé et leur rage inutile.
Que dis-je ! il est absous et pourtant on l'exile,
Voilà les rois ....
....
De ces bourbons, ce peuple autrefois idolâtre,
Et qui soupiroit au seul nom de Louis XII et d'Henry IV,
Ne chérit plus ses rois, disoit le vieux Mettra :
Le parterre de l'opéra veut siffler notre auguste reine ;
Ce peuple enfin, est las de voir qu'on le promene ;
Le François n'aime point à passer pour un sot
    Dans un préambule hypocrite ;

Calonne a beau faire la chatte-mitte,
Puis-je croire à la poule au pot ?
Lorsque pour payer son impôt
Il me faut vendre la marmitte ?

Par CAMILLE DESMOULINS.

APOSTROPHE

DE LA REINE A Mlle D'OLIVA.

VILE catin, il te va bien
De jouer mon rôle de Reine !
Eh ! pourquoi pas, ma souveraine,
Vous jouez si souvent le mien.

CHANSON.

AIR : Pour la Baronne.

VOTRE patronne
Fit un enfant sans son mari ;   (bis)
Bel exemple qu'elle vous donne :
N'imitez donc pas à demi
Votre patronne.

Pour cette affaire,
On sait comment elle s'y prit :   (bis)
Comme vous, n'en pouvant pas faire,
Elle eut recours au Saint-Esprit,
   Pour cette affaire.

   La renommée
Vante par-tout ce trait galant.   (bis)
Vous n'en serez pas moins aimée :
Ne craignez point, en l'imitant,
   La renommée.

   Beau comme un ange,
Saus doute Gabriel étoit :   (bis)
Vous ne pouvez pas perdre au change ;
L'objet qui plaît est en effet
   Beau comme un ange.

Belle Marie,
Si j'étois l'Arcange amoureux,   (bis)
Destiné pour cette œuvre pie,
Que je vous offrirois de vœux,
   Belle Marie.

   C'est un mystere
Que votre époux ignorera :   (bis)
Surpris de vous voir vierge mere,
Pour l'appaiser, on lui dira :
   C'est un mystere.

NOEL

SUR LA NAISSANCE DU DAUPHIN.

AIR : Tous les bourgeois de Chartres.

D'UN dauphin, la naissance,
Enchante tout Paris ;
Sa subite existance
Trouble le Paradis.
Qui diable l'a produit,
Dit le Verbe en colere ?
C'est quelque tour du Saint - Esprit,
Car jamais personne n'a dit
Que le roi fût son pere.

Pardonnez - moi, mon maître,
Répondit le pigeon,
Je n'ai pas donné l'être
A ce cher nourrisson.
De ce qu'on voit de beau,
La reine est le modele.
Coigny, brûlant d'un feu nouveau,
D'amour alluma le flambeau
Sans moucher la chandelle.

Le roi dit à la reine :
Baisez votre mari ;
Car ce n'est pas sans peine
Que l'œuvre a réussi.
J'étois bien éloigné
De croire à l'aventure :
J'étois près de l'abandonner ;
Mais à force de fourgonner,
J'ai forcé la serrure.

On fit place à Madame
Tout au près du poupon ;
Monsieur disoit : ma femme
A déjà un soupçon.
Chacun se regardoit
En faisant la grimace.
Un plaisant dit : Je crois le cas ;
La chose ne me surprend pas,
Mais l'auteur m'embarrasse.

Au diable soit l'affaire,
Dit le comte d'Artois ;
Si j'en eus voulu faire,
Il n'eût tenu qu'à moi.
J'aurois pu procurer
Cette race bâtarde ;
Mais pour le bien de mon enfant,
Je m'en allois tranquillement
Baiser ma Savoyarde.

Élisabeth arrive
Aux premieres douleurs,
Criant : que ma sœur vive :
Exaucez - moi, Seigneur.
Mais voyant qu'un enfant
Est le mal qui la presse,
Ceci, dit - elle, n'est qu'un jeu ;
J'en ai déjà vu faire deux
A Diane la comtesse.

Pesant quatre cent livres,
Monseigneur d'Orléans,
Parut, quoiqu'il fût ivre,
Parmi les courtisans :
Il comptoit ses chagrins
Au prélat de Toulouse.
Plaignez, disoit - il , mes destins ;
Mon fils vit avec les catins,
Et moi je les épouse.

En calculant d'avance,
Son nouveau bâtiment,
En toute diligence,
Chartres vint un instant :
Dans ma société,
Dit - il, je me concentre ;
Je n'ai plus qu'un petit hôtel ;
D'un palais j'ai fait un bordel :
Je suis là dans mon centre.

Madame

Madame de Lambale
Parcourant les appas
De l'épouse royale,
Dit : je ne croyois pas
Qu'on puisse , sans époux ,
Un jour devenir mere.
Cependant deux petits bâtards,
Qu'elle avoit créés par hasard ,
Lui prouvoient le contraire.

Au comble de la gloire,
Jules dictant ses lois,
Dit : je sais cette histoire
Sur le bout de mon doigt.
La reine aime à jouir,
C'est de l'âge où nous sommes ;
Mais, pour contenter son desir,
Et pour varier son plaisir,
Je lui permis les hommes.

Aux faveurs de la reine,
Espérant parvenir,
Charlotte de Lorraine
Voulut tout réunir :
Michelot lui montra
Le nouvel exercice ;
Mais l'offre ayant mal réussi,
La princesse se réduisit
A conserver l'actrice.

D

Du Nestor de la France
On attendit le mot ;
Mais son indifférence
Attrapa plus d'un sot.
Je trouve tout cela ,
Dit - il , très - ordinaire.
On peut se tromper en ce cas.
Et moi donc , ne croyois - je pas
D'Amelot être pere ?

Pour voir leur nouveau maître ,
On vit , avec éclat ,
Près du berceau paroître
Les ministres d'état.
Mais voyant des manchots ,
Des sots , des imbéciles ,
L'enfant se mettant à parler ,
Dit : c'est ce qu'on peut appeller
Le choix de l'évangile.

Castries disoit : l'histoire
S'occupera de moi ;
La plus brillante gloire
Couronne mes exploits.
Je voulois essayer
D'adoucir l'onde amere ;
Ma flotte a si bien travaillé
Qu'elle a déjà , pendant l'été ,
Fait de l'eau toute claire.

En Crispin de province
Vint là Miromesnil ;
Jadis ami du prince,
Il eut quelque crédit :
Maurepas qui le vit,
Dit : il sera des nôtres ;
Il est un peu fripon et sot,
Mais enfin, pour ne dire mot,
Vaut autant lui qu'un autre.

Fitz - James la duchesse,
Que son mari gâta,
Parut dans la tristesse
A cette assemblée là ;
Je pleure encor d'Artois,
Dit - elle ; il étoit drôle.
Chartres m'amusa quelquefois,
Mais de les perdre tous les trois,
Puiségur me console.

Fleury resta muette,
Même auprès de l'enfant ;
De Mesmer la recette
N'opéra nullement.
On crut cet accident
D'abord contre nature,
Mais Lassonne y réfléchissant,
Dit : je reconnois clairement
Les effets du mercure.

Rebut de la livrée,
L'impudente d'Ossun,
De luxure enivrée,
N'en refusoit aucun :
Si de Jesus naissant,
Elle eût vu la cabane,
Pour ne pas perdre ce moment,
Elle en eût fait chasser l'enfant
Pour coucher avec l'âne.

S'aspergeant d'eau bénite,
La pauvre Luxembourg,
Du diable et de sa suite
Crut garder son fauxbourg :
Ce jour elle oublia
La chrétienne lavure ;
Le diable vint et la tenta,
Mais le malheureux la rata
Quand il vit sa figure.

Apportant une lettre
Du sieur Agironi,
Fougeri vint se mettre
Parmi les favoris :
On peut se confier,
Dit - elle, à ma parole ;
Désormais on peut s'y fier,
A Montagnac, pour le dernier,
J'ai donné la vérole.

Avec grande noblesse
Une dame arriva ;
Elle fendit la presse ,
Et chacun se rangea.
Cette dame, Messieurs,
En valloit bien la peine ;
C'étoit la princesse d'Hennin :
Comme elle est tribade et catin ,
On la prit pour la reine.

COMPLAINTE

De la Supérieure des Bénédictines de Bayeux , à son Evêque,

Sur l'évasion d'une jeune Religieuse.

AIR : Faut attendre avec patience.

Ah ! Monseigneur, quel coup funeste
Satan porte à notre pudeur !
Faut - il que le courroux céleste
Nous mît le trou si près du cœur ?
Un loup, ô rage impénitente !
Un loup forçant notre réduit,
S'est ici glissé par la fente,
Et par la fente il nous a pris.

Oui, par une fente sacrée,
L'indigne nous a pris, hélas !
Une brebis qui s'est sauvée
Le cul en haut, la tête en bas.
A minuit, la none élargie,
A reçu son profanateur
Par le trou même où le Messie
Devoit seul être son sauveur.

Envain, pour rappeller son ame,
Au loup j'ai crié quatre fois ;
Malgré l'anathême , l'infâme
Emporta la brebis au bois.
Lui-met - il en main l'évangile ?
Que fait - il à sœur Génitrix ?
Je n'en sais rien : mais, ô Saint-Gilles !
Baise - t - on là le crucifix ?

Comme elle voloit en hostie
A son avide loup - garou !
O si vous eussiez vu l'impie !
Comme il la tiroit par le trou !
Fatal guichet , fente chérie ,
Source de plaisirs et de pleurs,
Faut - il que le trou de la vie
Sauve et damne en secret nos sœurs ?

Triomphe à nos saints scapulaires,
Et salut à vous, Monseigneur;
On dit qu'un de vos grands vicaires
L'enleva pour votre grandeur :
Eh bien ! je n'en suis plus avare;
Qu'elle aille à vos baisers bénis :
Elle faisoit notre Tartare,
Faites en votre Paradis.

Porter la crosse est un doux titre
Qui nous agrandira l'honneur;
Gardez - la pour votre chapitre;
Puisqu'il aime tant le bonheur.
Sauvez - vous bien tous à la ronde,
Adieu je bénis l'éternel,
De vous voir tous dans ce bas monde,
Enfiler le chemin du ciel.

Mais, à propos, je vous conjure,
Puisque ce trou nous est fatal,
De nous retressir l'ouverture
Par où nous séduit l'infernal :
Par là l'une s'est élargie,
L'autre peut s'élargir demain;
Faites - nous - là donc, je vous prie,
Seulement pour mettre la main.

O si Bayeux s'étonne et crie
De voir la brebis en ce lieu,
Par le trou de l'Eucharistie,
Recevoir un loup pour un Dieu ,
Qu'il sache respecter et taire
Ce que l'esprit ne comprend pas :
La brebis fuit , c'est un mystere
Que Monseigneur ne conçoit pas.

Par M. l'abbé de la BAUME, grand vicaire
de Bayeux.

BRIENNE,

POUR la tranquillité publique
Et le maintien des lois ,
Il n'est donc plus , ce prêtre tyrannique ,
L'opprobre de l'église et l'ennemi des rois !
Ambitieux dès sa naissance ,
Et libertin dans tous les tems ,
Froid oppresseur de l'innocence ,
Il ne dut qu'aux forfaits le succès du moment.
Si son exécrable mémoire
Va jusqu'à la postérité ,
C'est que le crime , aussi bien que la gloire,
Conduit à l'immortalité.

www.ingramcontent.com/pod-product-compliance
Ingram Content Group UK Ltd.
Pitfield, Milton Keynes, MK11 3LW, UK
UKHW021200140726
13695UKWH00005B/2237